Animal
Activity Books
For Kids

This book
belongs to

_____

_____

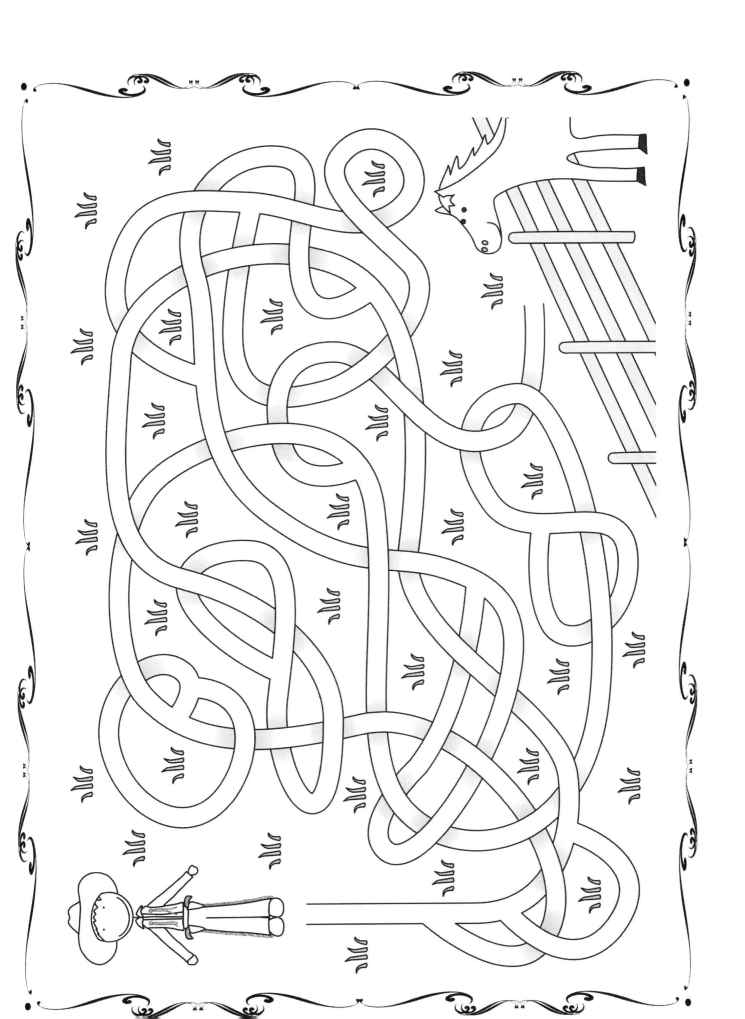

HORSES

```
N E K C I H C D B M
E O H S E S R O H F
Z D S L A N D E A W
N K P S D D S R Z Z
D Z P D A R M W D N
Q G Q M O R R G Y Z
J J T H M M G R Q G
```

Farm
Land
Chicken

Horse
Horseshoe
Grass

MOUSE

```
C D E W R E J
H Y Y S S M R
R E B S U U O Q
E L O M D O D
S M O E A Q H
E Y N H T L Y
Q T R R X Y L
```

Mouse
Cheese
Small

House
Hole
Rodent

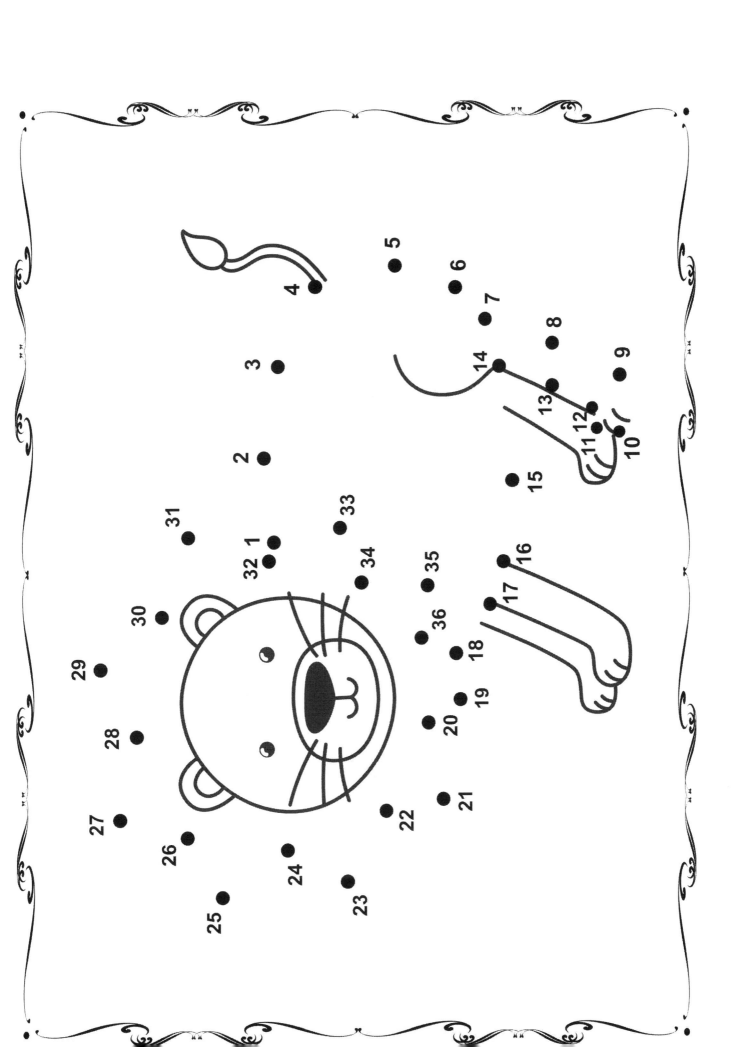

LIONS

```
C S R E T A W D S
H L S X N M D A X
E D V E M N V B C
E D Y L N A Y U T
T H T T N O B D T
A B Y N L S I W R
H L A G Q D D L T
```

Lioness
Cubs
Cheetah

Hyena
Savanna
Water

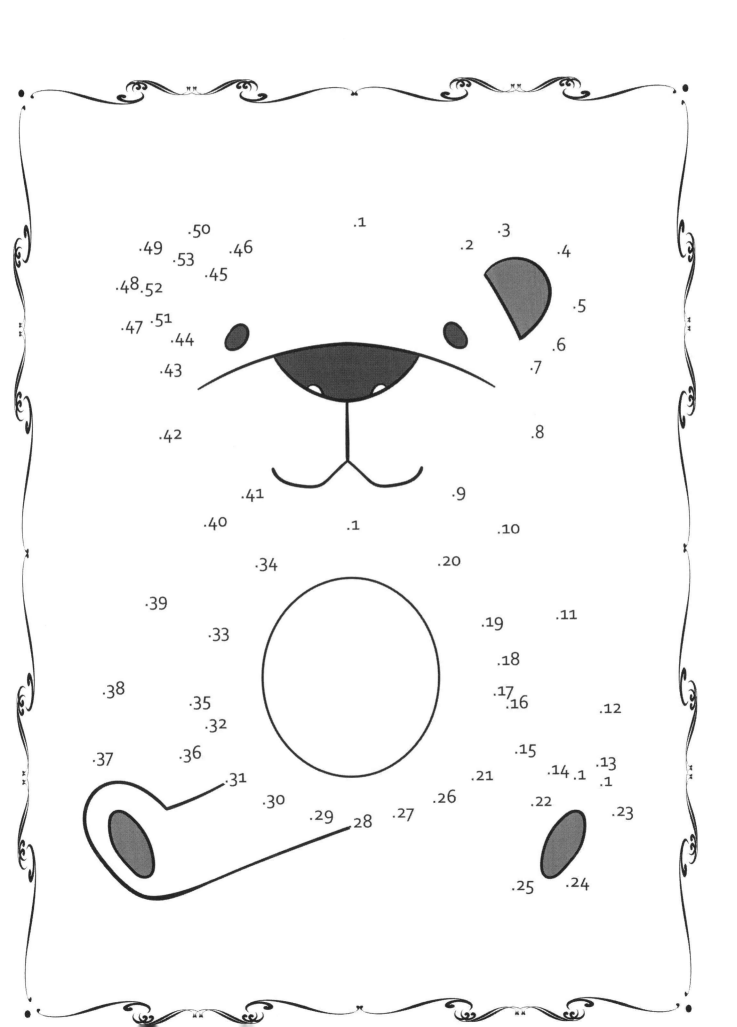

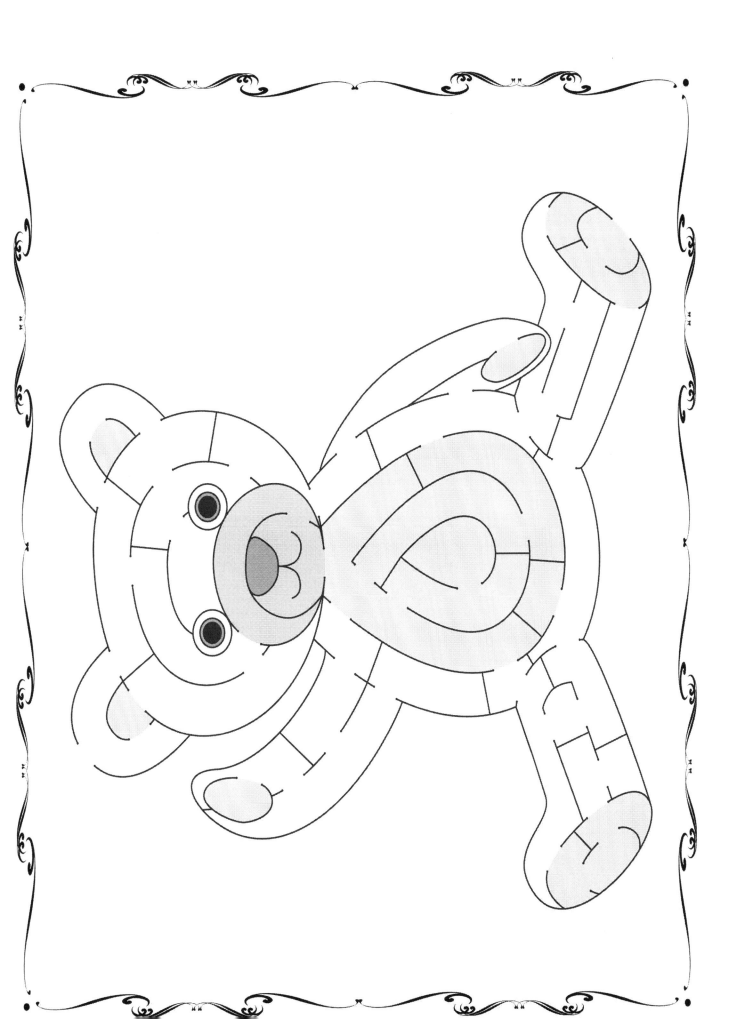

BEAR

```
Q  B  R  E  E  D  B
G  J  E  Z  B  U  V
Z  N  X  E  C  M  R
T  O  I  R  S  Z  P
F  N  A  P  G  R  V
T  E  N  T  M  P  L
B  N  K  W  P  A  D
M  P  L  M  Y  W  C
```

Bear cub
Deer

Fox
Bees
Camping

CHICKENS

```
L L R S E G G S K
G W T E D M Y P T
S R V Y T E K B W
N H A J Q S E R Y
E X E S B B O S D
H L B D S X T O L
K V K R D N K T R
```

Hens
Rooster
Shed

Eggs
Grass
Seeds

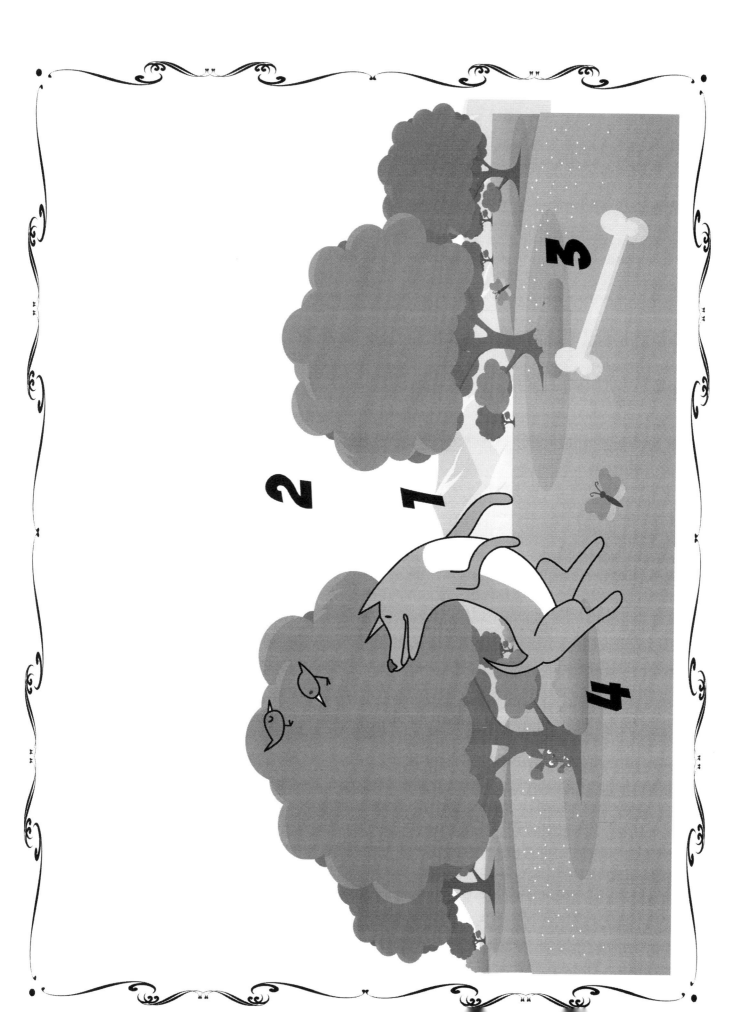

DOG

Y D K T B B Y X
P L A Y A R B Q
P M V R B G U T
A N K G O D I F
H P T P P X G D

Dog
Dig
Play

Fur
Happy
Bark

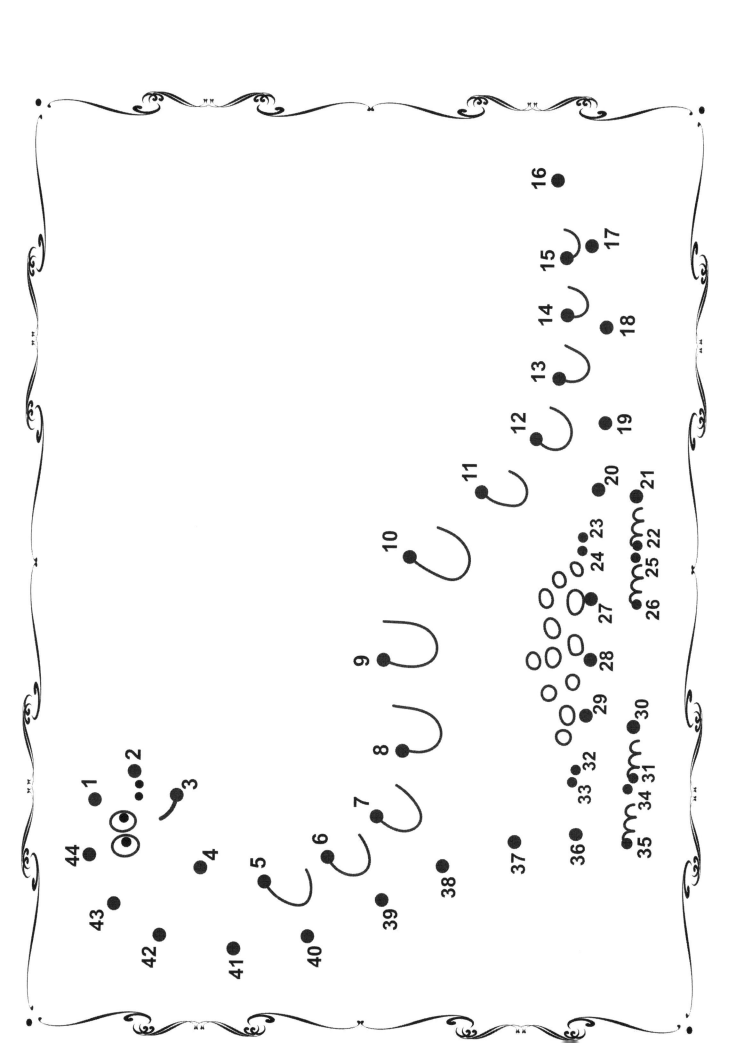

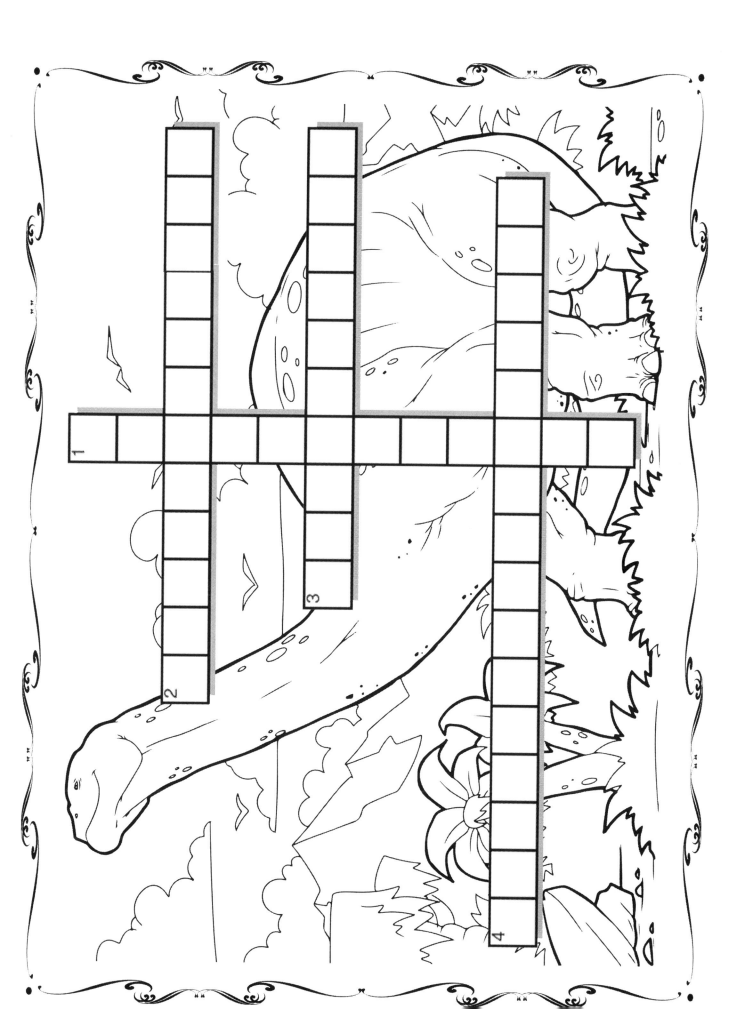

DINOSAUR

```
A L N W W X L V J P D S T
R D D T M Y N P Y L T M T
C S L I V J B W B E E R S
H M P N N M T J G G T U Z
A N R O G O L O A G R L N
E L L B T M S L T U J Z W
O X V D X A O A A W Z T M
P N R N U S R S U P Z B R
T P Y R A M O E B R D P L
E J U U T N W X C N D X L
R S R L I M R D Y I P L G
Y Q R P Y T Y G N K R B K
X N S N B M V R R K Y T Q
```

Dinosaur

Archaeopteryx

Megalosaur

Triceratops

Spinosaurus

Stegosaurus

FOX

```
T J Q D N F W Z X D
G M X M B R O O R C
M A M M A L F X U J
J J R D M C M B C M
W M G M E P Q I Z W
N X J N K Y T R I Y
Y R N G M C X T T R
G E J N R D T T M R
F N N A N Y N P J Z
```

Fox
Mammal
Cub

Witty
Arctic
Fennec fox

CAT

S R E K S I H W
P I N T A C D T
R J J C N T N M
R L A R A M J N
U T A I M Y Q N
P Y L M R J R L

Cat
Catnip
Purr

Whiskers
Yarn
Tail

Crossword puzzle
ANSWERS

1. Field, Flower, Farm, Fence, Horse

2. Rat, Mouse, Tail, Tree, Cheese, Fence

3. Savanna, Lion, Antelope, Tree, Rock, Cub

4. Fire, Forest, Honey, Bee, Bear

5. Barn, Rooster, Chick, Chicken, Egg

6. Jump, Park, Dog, Bone

7. Tyrannosaurus Rex, Batyrosaurus, Brontosaurus, Allosaurus

8. Forest, Animal, Mushroom, Fox

9. Kitten, Wool, Food, Fish

Maze
ANSWERS

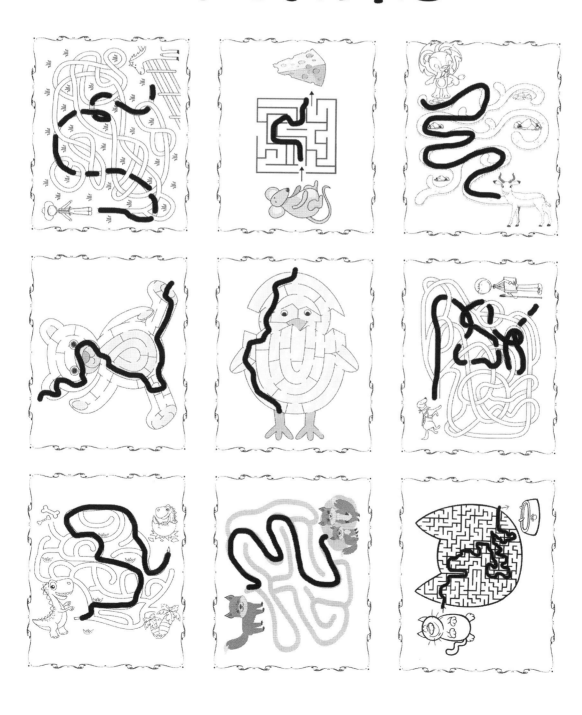

Word Search
ANSWERS

HORSES

```
N E K C I H C D B M
E O H S E S R O H F
Z D S L A N D E A W
N K P S D D S R Z Z
D Z P D A R M W D N
Q G Q M O R R G Y Z
J J T H M M G R Q G
```

Farm
Land
Chicken

Horse
Horseshoe
Grass

MOUSE

```
C D E W R E J
H Y Y S S M R
E B S U U O Q
E L O M D O D
S M O E A Q H
E Y N H T L Y
Q T R R X Y L
```

Mouse
Cheese
Small

House
Hole
Rodent

LIONS

```
C S R E T A W D S
H L S X N M D A X
E D V X N M V B C
E D Y L N A Y U T
T H T T N O B D T
A B Y N L S I W R
H L A G Q D D L T
```

Lionass
Cubs
Cheetah

Hyena
Savanna
Water

BEAR

```
Q B R E E D B
G J E Z B U V
Z N X E C M R
T O I R S Z P
F N A P G R V
T E N T M P L
B N K W P A D
M P L M Y W C
```

Bear cub
Deer

Fox
Bees
Camping

CHICKENS

```
L L R S E G G S K
G W T E D M Y P T
S R V Y T E K B W
N H A J Q S E R Y
E X E S B B O S D
H L B D S X T O L
K V K R D N K T R
```

Hens
Rooster
Shed

Eggs
Grass
Seeds

DOG

```
Y D K T B B Y X
P L A Y A R B Q
P M V R B G U T
A N K G O D I F
H P T P P X G D
```

Dog
Dig
Play

Fur
Happy
Bark

DINOSAUR

```
A L N W W X L V J P D S T
R D D T M Y N P Y L T M T
C S L I V J B W B E E R S
H M P N N M T J G G T U Z
A N R O G O L O A G R L N
E L L B T M S L T U J Z W
O X V B A O A A W Z T M
P N R N U S R S U P Z B R
P Y R A M O E B R D P L
E J U T N W X C N D X L
R S R L I M R D Y I P L G
Y Q R P Y T Y G N K R B K
X N S N B M V R R K Y T Q
```

Dinosaur
Archaeopteryx
Megalosaur

Triceratops
Spinosaurus
Stegosaurus

FOX

```
T J Q D N F W Z X D
G M X M B R O O R C
M A M M A L F X U J
J J R D M C M B C M
W M G M E P Q I Z W
N X J N K Y T R I Y
Y R N G M C X T T R
G E J N R D T T M R
F N N A N Y N P J Z
```

Fox
Mammal
Cub

Witty
Arctic
Fennec fox

CAT

```
S R E K S I H W
P I N T A C D T
R J J C N T N M
R L A R A M J N
U T A I M Y Q N
P Y L M R J R L
```

Cat
Catnip
Purr

Whiskers
Yarn
Tail

Made in United States
Orlando, FL
07 January 2022